Collection

« *Petites Chroniques* »

Petites chroniques nuptiales

© 2019, Jo Le Lay

Éditeur : BoD-Books on Demand
12-14 rond-point des Champs-Élysées, 75008 Paris
Impression : Books on Demand, Norderstedt,
Allemagne

ISBN : 9782322081486
Dépôt légal : Juin 2019

Remerciements

Nous tenons à remercier chaleureusement Michel Follorou, le « sculpteur de Lumière », d'avoir accepté, si amicalement, de préfacer ces « Petites Chroniques Nuptiales » et d'en illustrer la couverture par une de ses magnifiques photos.

Cette photo où Michel saisit l'instant d'un reflet de lumière qui fait naître un cœur sous nos yeux émerveillés nous a parue une évidence pour ce premier recueil sur l'alchimie si particulière de la naissance d'un amour.

Et nous ne saurions dire combien sa préface a su toucher notre cœur comme nous espérons que ces « Petites Chroniques Nuptiales » sauront toucher le vôtre.

Brigtte & Jo

Le bonheur est dans ta main.

Tu as, en vérité, pouvoir en toute chose.

Extrait de la Sourate III, v.25/26

réface

Histoire d'une rencontre,

histoire d'amour,

l'histoire d'une vie.

Alors que nous sommes aujourd'hui saturés de séries télévisées aux rebondissements souvent peu crédibles, quel plaisir de se laisser emporter, enivrer par les très jolies histoires de ce livre sensible : récits simples et poétiques d'une époque encore proche et pourtant déjà entrée dans un vingtième siècle révolu. Ce livre nous invite à revisiter nos souvenirs d'enfance. Chaque lecteur reconnaîtra dans cet ouvrage des émotions imprimées dans sa mémoire.

Pour ma part, j'ai éprouvé la sensation du déjà vécu, avec le léger regret de n'avoir pas suffisamment mémorisé la saveur de ces petits instants du quotidien, en apparence ordinaires et pourtant tellement essentiels.

À la manière du cinéaste indien Satyajit Ray, filmant la vie simple d'un village dans sa magnifique trilogie du monde d'Apu, ici, Jo Le Lay nous propose sept chroniques nuptiales, très émouvantes.

Dans une écriture épurée donnant toute sa force aux récits, Jo Le Lay restitue avec beaucoup de tendresse des tranches de vie d'un Locquirec intemporel où le passé nous parle d'un présent à vivre intensément.

J'aime cette nostalgie joyeuse faite pour goûter la richesse de chaque moment et n'en rien oublier.

Michel FOLLOROU

Le 31 janvier 2016

Table des matières

Les contes de fée peuvent arriver aussi, parfois, dans la réalité.

En voici quelques courts exemples, avérés, bien que lourdement romancés*.

Ils m'ont été racontés par les acteurs eux-mêmes, à charge pour moi de ne pas dévoiler leur identité.

Donc, même sous la torture, pas question que je donne un seul nom.

* Je vous rappelle que je suis conteuse, pas biographe!

Yvon et Janie

Connaissez-vous Landerneau? « Petite » cité de caractère sur l'Elorn. On dit que la lune y est plus grosse que partout ailleurs.

Yvon n'était pas natif de Landerneau. Lui, il était du Poher. Loin de la mer, près de Carhaix, au pied des Monts d'Arrée.

Ses parents étaient métayers. Les avoir aidés aux travaux de la ferme avait rendu ce jeune homme costaud. Il était plus grand que la moyenne, les épaules carrées, les mains comme des battoirs. Mais comme il travaillait très bien à l'école, ses parents l'avaient poussé à continuer dans les études.

Et donc, à 18 ans à peine, il avait dû « monter à la capitale » comme on disait à l'époque, pour passer son diplôme d'instituteur.

Mais il devait encore accomplir son service militaire, deux ans quand même, avant de pouvoir prendre son premier poste en Bretagne. A Landerneau.

Il terminait ses classes quand il reçut une invitation au mariage d'un ami de promotion.

1

Il accepta d'y aller.

C'était en juin, en Normandie, dans la ferme des parents du jeune homme.

Yvon eut juste le temps de sauter dans le train. Il avait encore son uniforme sur le dos. Il se changea dans les toilettes. Se repeignant dans la glace, il se mit à penser qu'il allait fermement s'ennuyer. Il ne connaissait personne en Normandie. A part le fiancé.

Il était non accompagné. Et de plus, il détestait les mariages.

Pourquoi avoir accepté cette invitation? Au moins, la famille était dans l'agriculture et l'élevage. Yvon ne serait pas trop dépaysé.

Devant la gare, le jeune homme sortit le carton d'invitation. Une file de taxis attendait les clients. Yvon monta dans le premier, donna l'adresse de la ferme et se laissa conduire.

Au moins il faisait beau, et chaud.

Il arriva un peu en avance.

C'était une belle ferme. On s'affairait; on préparait les festivités. Une fillette s'approcha en sautillant, deux tresses encadrant son visage d'enfant. Elle était brune, sa figure était ravagée par les tâches de rousseur. Elle souriait: elle avait les dents du bonheur!

    – C'est toi Yvon? Le copain de mon frère Jacques? Tu seras instituteur toi aussi? Viens, suis moi, je vais te conduire à ta chambre.

Yvon n'eut pas le temps de donner la moindre réponse, la fillette avait tourné les talons!
Il se dépêcha de la rattraper. Elle montait déjà l'escalier. Elle longea un long couloir, tourna une fois à droite, une fois à gauche, monta un autre escalier puis ouvrit la première porte à sa gauche. Elle recula et dit

    – Voilà, c'est là. Tu sauras te retrouver?

Puis, de nouveau sans attendre de réponse, elle fila.
Le jeune homme se retrouva seul devant la porte ouverte, sa valise à la main, se demandant s'il avait rêvé, si cette fillette n'était pas un korrigan, ascendant courant d'air.
Jacques était moins vif!
Remis de sa surprise, le jeune homme entra,

referma la porte, posa sa valise sur le lit, puis s'approcha de la fenêtre et l'ouvrit.

Elle donnait sur le verger, à l'arrière de la ferme. C'est là que les tables étaient dressées. Il y avait aussi une remorque bien décorée, sans doute pour un éventuel orchestre, et, au pied de la remorque, un plancher de bal posé bien à plat sur l'herbe fraîchement tondue. Il y aurait bien un bal. Yvon détestait danser.

Mais ce serait une belle noce sous le soleil, car ce mois de juin avait magnifiquement bien commencé.

On frappa à la porte. Yvon n'eut pas le temps de dire « Entrez » que le petit lutin était devant lui:

- Papa m'envoie vous dire qu'on attend tout le monde en bas dans la cour dans 15 minutes pour démarrer la procession.

Clac la porte se referma.

Un petit lutin issu d'une tornade, sans doute. Joli, le petit lutin. Trop jeune, mais joli.

Un nouveau coup de peigne dans ses cheveux

rebelles, la cravate remise en place, et Yvon descendit.

Il y avait du monde. Le jeune homme se glissa dans le cortège et suivit le mouvement. La cérémonie fut rapide, une simple bénédiction nuptiale, échange des consentements, des alliances, bla bla bla, bisou des mariés et hop le cortège ressortit.

Ah oui, la photo, incontournable passage obligé, sur les marches de l'église.

Une photo des mariés avec la famille, une photo des mariés avec les amis,   une photo des mariés encore, cette fois avec la famille et les amis... Yvon n'en pouvait plus. La cravate, ce n'était pas son accessoire de prédilection.

Enfin le cortège reprit la direction de la ferme. Un cortège joyeux et moins guindé qu'au départ.

Une petite main fraîche vint se glisser dans la grosse main du jeune homme. Le petit lutin était de retour.

- Tu veux bien être mon cavalier? Je suis
  toute seule. Je connais du monde, mais
  les garçons de mon âge sont tous bêtes.
  Toi, tu fais plus sérieux. Viens, suis-

moi, il y a une table bien ombragée là-bas, tu as l'air d'avoir chaud! Ma soeur Huguette et son mari vont s'y asseoir, tu auras de quoi faire la conversation! Elle est prof de français et Henri, son mari aide mes parents à la ferme! Tu vois, je connais tout de toi! Assieds-toi je reviens!

Crac, disparu, le petit lutin!

Yvon commençait à en avoir l'habitude! Et puis cette gamine était adorable! Bien trop jeune, mais vraiment adorable.

Le jeune homme s'installa. Et se releva aussitôt: un couple approchait. Puis un autre. Yvon se retrouva à bavarder avec des gens qui avaient sa simplicité et ses connaissances. Il se détendit.

Une petite main vint poser une grosse cruche de cidre frais pour accompagner le magnifique pain surprise qui trônait au milieu de la table. Le petit lutin vint s'asseoir près d' Yvon.

– C'est moi qui ai fait le pain surprise! dit-elle fièrement. Enfin j'ai tartiné le pain! J'ai aidé maman à préparer les garnitures aussi! Goûte, tu vas aimer! Ici, c'est le tartare d'aubergine, là de la tapenade, on broie les olives nous-mêmes. Et puis ça c'est de notre mousse de crevette. C'est bon hein?!

Heureusement, elle ne parlait pas la bouche pleine! Elle fit une pause et dévora 5 ou 6 bouts de pain. Yvon en fit autant.

La tablée eut vite fait de vider le pain surprise.

En bon petit zébulon, la fillette sauta sur ses pieds, fila avec le plat et revint au bout de 5 minutes, chargée d'un lourd plateau qu'Yvon l'aida à poser:

– Voilà les entrées, régalez-vous mais gardez de la place! Je connais le menu! Y en aura pour tous les goûts!

Et ainsi passa l'après-midi: Yvon discutait, le petit lutin disparaissait et revenait avec des plateaux tous plus beaux les uns que les autres. Elle ne tenait pas en place, mais avait arrêté de bavarder pour mieux manger. Et tout expliquer! Car elle avait aidé toute la journée aux cuisines et était déjà un fin cordon bleu.

En fin d'après-midi, après la magnifique pièce montée des mariés (grâce au petit lutin, la tablée de Yvon avait eu quatre choux à la crème par personne, au lieu des trois initiaux...) et après deux belles tasses de bon café, Yvon allait bien.

Il avait desserré sa cravate, comme la plupart des hommes. Il n'avait pas trop chaud et ne regrettait absolument plus d'être venu.

Henri et Huguette étaient charmants.

Le petit lutin semblait rassasié. Et fatigué!

En fait la fillette avait les deux coudes sur la table, le menton reposant sur ses poings fermés. Elle suivait des yeux les couples qui dansaient au son d'un orchestre de musette.

- J'aime pas danser. Je suis bien trop jeune pour apprendre. Et puis je n'ai pas de cavalier. Tu sais danser toi?

Sans attendre de réponse elle continua son monologue:

- Quel âge tu me donnes? Maman ne veut pas me couper les cheveux. Elle me fait des nattes, tous les matins. J'en ai assez des nattes. Ça fait trop gamine.

Moi je suis une grande maintenant! J'ai 14 ans! Enfin presque. Je les aurai le mois prochain. Tu viens, on va danser!

Et, contre toute attente, contredisant ce qu'elle avait asséné peu de temps auparavant, la fillette prit Yvon par la main et l'entraîna sur la piste de danse. Tant bien que mal, ils se dandinèrent comme tout le monde au rythme de la musique.

Elle le mit au supplice, lui faisant danser toutes les danses jusqu'à ce qu'elle n'en puisse plus. Il réussit alors à la ramener à sa chaise.

- Merci Yvon, tu as été un super cavalier! Mais là, je dois aller me coucher! Sinon mes parents vont me gronder. Bonne nuit!

Elle lui planta un bisou retentissant sur chaque joue, puis fila vers la maison. Elle se retourna juste une fois et lui cria

- Je m'appelle Janie et je suis très amoureuse de toi!

Le jeune homme resta planté là, sans bouger.

Henri et Huguette souriaient. Yvon rougissait. Le petit lutin ascendant tempête des sables avait disparu.

Yvon eut du mal à reprendre ses esprits, son souffle, et le fil de la conversation.

Il ne revit pas son petit lutin le lendemain matin. Il repartit à la gare conduit par Henri, qui lui fit promettre de revenir. Ils avaient encore pas mal de choses à échanger sur la mécanique des machines agricoles.

Yvon revint souvent.

En fait, pratiquement à chacune de ses permissions. Et comme à 23 ans passés il était déjà un « vieil instituteur », il revint faire officiellement la cour à son petit lutin. Ils attendirent quand même encore une longue année pour se fiancer.

Et ils se marièrent le lendemain des 21 ans de Janie.

Elle resta assez petite de taille. Surtout près de son géant de mari qui culminait à pas loin des deux mètres.

Ils sont toujours ensemble aujourd'hui.

Ils vivent toujours à Landerneau.

Janie est restée une excellente cuisinière et, tout en ayant passé plus de 40 ans comme comptable dans la même entreprise, s'est mise au dessin, à la peinture et surtout à la broderie d'art.

Et si un jour vous allez au festival « Kann al Louar » de Landerneau, regardez danser le cercle celtique landernéen et dites-vous bien que chacune des coiffes, chacun des châles que portent les danseuses a été brodé par Janie, la plus bretonne des normandes.

Les étudiants parisiens

Un beau jour de printemps, un jeune étudiant en droit tout ce qu'il y a de plus banal, sortant d'un cours épuisant, s'autorisa une petite pause dans sa journée.

Il s'assit à la terrasse d'un café et commanda un panaché. Il devait fêter sa majorité, 21 ans à l'époque, dans quelques jours. Il hésitait entre préparer une fête énorme, ou bien ne rien faire. Les partiels approchaient à grands pas, le plus raisonnable était de reporter.

Une jolie jeune fille, blonde aux yeux bleus, s'approcha à grandes enjambées.
Elle passa devant lui. Sa queue de cheval oscillait au rythme de ses pas.
Elle vint s'asseoir à la table voisine, commanda un café serré, mit des lunettes à monture d'écaille sur son petit nez en trompette, et se plongea dans un livre de gestion de comptabilité. Un crayon dans une

main, l'autre posée sur le gros livre, elle soulignait, biffait, cochait, annotait, concentrée sur son travail. Tellement concentrée qu'elle ne sentait même pas le regard insistant du jeune homme sur son visage.

Il s'en donnait à cœur joie, ne sachant pas s'il préférait la mèche de cheveux qu'elle passait son temps à remettre derrière son oreille gauche, ou bien l'épi rebelle qui faisait dévier la raie sur le côté droit.

A la vérité, c'était la queue de cheval, quand elle l'avait dépassé. Oui, c'était la queue de cheval qui lui avait plu.

Bah il était l'heure de retourner à la fac.

Il s'astreignait à deux heures, de 17 à 19, de travail à la bibliothèque. Le droit des affaires lui posait toujours problème. Il préférait le droit international. Mais la gestion de patrimoine, branche dans laquelle son père voulait qu'il lui succède, ne tolérait aucune imprécision. Le partiel, il ne voulait pas avoir à le repasser en septembre. Il devait donc mettre les bouchées doubles.

A regret, il s'arracha à la vue de la belle inconnue, jeta quelques pièces dans la coupelle et s'en alla en sifflotant. Elle ne leva même pas les yeux.

Une semaine plus tard, jour pour jour, il retourna à la brasserie. Il pleuvait. Donc c'est dans la salle enfumée qu'il entra, au risque de se perdre dans l'épais brouillard de fumée de cigarettes.
Pourquoi les salles non fumeur étaient-elles toujours au fond?
Pourquoi fallait-il toujours traverser ce cloaque pour s'asseoir tranquillement loin de cette pollution hautement toxique, plus toxique encore pour les non fumeurs comme lui.
Il se mit à rêver d'une loi qui interdirait de fumer dans tous les lieux publics...
Il posa son parapluie tout dégouttant près de lui, commanda son panaché et laissa errer son regard dans le vague.
Il en avait terminé avec ce partiel tant redouté. Somme toute ça ne s'était pas trop mal passé.
A travers la brume opaque il vit une silhouette approcher, à grandes enjambées.
C'était la belle blonde.

Elle devait travailler dans le coin elle aussi. Étudiante comme lui?

Elle avait encore un air juvénile. Volontaire et juvénile à la fois.

Tiens, l'épi rebelle semblait avoir pris la pluie. Il était tout aplati. La mèche mutine glissa, la jeune fille la remit à sa place.

Elle ôta son imper trempé, le posa sur le dossier de la chaise proche du jeune homme, alla s'asseoir en face sur la banquette.

Cette fois elle sortit de sa besace son crayon, une calculette et un gros cahier à spirales qu'elle ouvrit.

Elle se mit alors à aligner des chiffres les comparant, calculant, réfléchissant.

Son café arriva, elle remercia le garçon d'un sourire, une fossette se creusa de chaque côté de sa jolie bouche.

Elle ne se maquillait pas. Le jeune homme l'aurait juré.

Bon, mais comment l'aborder? Visiblement, elle était très affairée. Il voulait lui parler. Lui dire qu'elle avait un joli sourire. Que son côté sérieux lui plaisait beaucoup. Qu'elle était belle. Tout ça quoi. Mais il n'osait pas.

Il avait fini de boire son verre.

Comment aborder la jeune fille?

La mèche glissa. Un ange passa.

Le jeune homme se lança dans un pari muet complètement stupide:

Il fixait l'épi tout plat. Si, au bout de cinq minutes, cet épi se redressait, il se lèverait et aborderait la jeune fille.

Plus que 4 minutes. Vraiment stupide comme pari.

3 minutes. L'épi séchait, c'était un signe. Mais s'il ne se redressait pas, le jeune homme décida qu'il s'en irait.

2 Minutes.

Soudain, contre toute attente, la jeune fille bondit, elle fut sur lui avant même qu'il comprenne ce qui lui arrivait.

Elle lui administra une gifle monumentale.

Lui dit qu'il était très impoli de fixer les gens comme ça, remballa ses affaires, arracha son imper du dossier de la chaise et s'en alla, furieuse.

Interloqué, la joue brûlante, le jeune homme eut juste le temps de la voir poser un billet sur le comptoir, envelopper ses épaules dans son imper et disparaître sous l'orage.

Elle avait oublié sa calculette.

Ouf l'honneur était sauf: il était seul dans la salle non fumeur.

Sans compter le serveur qui s'était aperçu de la scène, discret, mais l'œil goguenard.

Le jeune homme choisit de faire comme si de rien n'était.

Il se leva dignement, se dirigea vers le bar, attrapant la calculette au passage, alla payer et demanda au garçon s'il connaissait la jeune fille. Juste pour lui rendre ce qu'elle avait oublié, en tout bien tout honneur.

Le garçon lui confia alors qu'elle venait chaque semaine, à la même heure.

Sur un sourire entendu, le jeune homme s'en fut.

Ça tombait bien la semaine prochaine c'était la fin de l'année universitaire.

S'il voulait revoir la jeune fille, il devait se décider.

Il avait toute une semaine pour trouver un plan.

En sortant, il heurta ladite jeune fille qui attendait que la pluie se calme un peu, l'imper au-dessus de sa tête.

Elle était trempée. Elle grelottait.

Il la regarda. Elle lui sourit, un peu honteuse.

Puis baissa les yeux. Il lui tendit sa calculette. Lui dit qu'il s'excusait, qu'il ne voulait pas la blesser. Qu'il avait un parapluie.

Était-ce la banalité de ses propos?

Sa gentillesse? Le parapluie?

Elle accepta qu'il la raccompagne jusqu'au métro. Sur le chemin, elle expliqua qu'elle travaillait pour un cabinet comptable. Elle devait aider ses parents à lui payer ses études d'expert en comptabilité.

Il l'invita pour son anniversaire, elle accepta.

Elle n'avait pas 20 ans. Ils durent donc demander l'autorisation des parents de la jeune fille pour se marier!

Car à partir de ce jour là, ils ne se quittèrent plus.

Bien entendu, elle ne le gifla plus jamais.

Et comme dans tout conte de fée qui se respecte, ils vécurent heureux et eurent de beaux enfants.

C'est elle qui m'a raconté leur rencontre, lors de la grande soirée qu'ils ont donnée pour fêter leurs 40 ans de mariage.

Ils sont même arrière grands parents depuis peu, c'est vous dire si à cette époque-là l'amour c'était sérieux!

Danses bretonnes

Cette petite histoire aurait pu être triste. Bien au contraire, elle ne l'est pas!

Jack était en couple. Mais il vivait un enfer. Sa copine, avec qui il était depuis quelques années, ne le comprenait pas: elle le trouvait taciturne et distant.
Il était timide, tout simplement.

Elle ne voulait jamais aller danser. Pourtant les danses bretonnes, c'est un sport sain, et physique. Elle passait son temps devant la télé. Ou demandait à s'enfermer dans une salle de cinéma.
La randonnée, ça ne lui plaisait pas.

Un jour, usé, Jack finit par s'en aller.
Elle l'oublia.

C'est la danse bretonne qui le sauva:
il aimait le rythme, parfois endiablé, du cercle

circassien, parfois doux, de la valse écossaise. Il aimait la régularité de la gavotte des montagnes.

Il n'était plus en couple. Donc il changeait de partenaire au gré des danses.

Et comme il était un des rares hommes à danser, et à bien danser, il avait du succès. Au cours, il était souvent sollicité.

Il commença à aller aux festou noz aussi.

Un samedi soir de temps en temps. Puis plus régulièrement.

C'est là qu'il la rencontra; elle était de son âge apparemment; timide aussi, comme lui. Elle avait un petit air triste. Elle était avec un couple d'amis Mais elle ne dansait que les danses en ligne.

Un soir, il prendrait son courage à deux mains, il l'inviterait à rentrer dans un cercle circassien. Un soir, oui. Mais pas ce soir. C'était encore trop tôt. Ça faisait à peine un an qu'il l'avait remarquée. Elle avait un drôle de petit regard de hibou. Peut-être à cause de ses lunettes à verres épais?

Oh et puis flûte! Le talabarder annonçait un circassien justement. Jack se lança: il s'approcha. Juste au moment où son copain René le dépassa, se planta devant la demoiselle et l'entraîna, malgré son refus évident. Jack resta planté là.

Le cercle circassien, on y entre à deux ou pas du tout!

C'est Soazig, une copine de cours, qui lui sauva la mise: elle l'attrapa par la manche et entra dans la danse.

Ils se calèrent sur les autres danseurs.

Et c'est là que Jack se mit à adorer cette danse-là: à chaque fin de figure, qui se termine par une balade en couple, on referme la ronde pour... changer de cavalière.

Et Jack, d'un coup d'œil rapide, vit qu'il était du bon côté de la ronde: dans deux séries de figures, il ferait danser la belle inconnue.

C'est ce qui arriva:

A son tour, il la prit dans ses bras.

Elle dansait bien. Elle se laissait guider, tout en gardant son maintien. Bon, au niveau sourire, tout était à faire. Et mon Dieu que ses lunettes étaient épaisses. Elle n'était pas belle, ça tombait bien, lui non plus. Mais elle était jolie. Oui, c'est ça, elle était jolie. Rouquine et jolie. Elle...

Elle lui échappa, la ronde s'était reformée. Déjà?!

Bon, pas grave. Il compta 7 séries de figures avant de la retrouver. Ça passerait vite, et comme la musique était entraînante, ça irait bien!

Bon là, il se payait la plus grosse cavalière de la soirée ouille les bras! Et elle freinait des quatre fers ladite cavalière! Pfff. Vite un coup d'œil sur la suivante.

Genre petite souris pas aimable. Au moins elle ne lui arracha pas les bras.

Et ensuite? Oh non, pas la blondinette! Elle marchait sur les ... aïe... sur les pieds! Et lourdement malgré sa ... aïe... sa sveltesse! Quel supplice.

Bon la 4ième, il la connaissait, une brunette sympa, qui lui faisait du gringue mais bon, bonne danseuse.

Puis vint la petite vieille, touchante, cette petite vieille, qui venait toujours avec un petit vieux. Ils dansaient superbement bien. Il fallait les voir pendant la valse! À l'endroit, à l'envers. Port altier et tout sourire de leurs beaux dentiers.

Ce n'était pas un couple dans la vraie vie à ce qu'elle lui avait confié une fois où il était absent. Juste des amis. De grands amis. Veufs tous les deux.

Mais bon, finie, la gaudriole.

Il leur restait la danse! Il avait son permis de conduire, elle avait la voiture!

Qu'est-ce qu'elle dansait bien! Elle avait plus de 80 ans, en paraissait 20 de moins et dansait divinement.

Oh la suivante, c'était la grande jument! Celle-là dansait comme si elle avait deux pieds gauches.

Allez courage: plus qu'une et il allait retrouver...

Flûte et zut! La danse s'arrêta juste avant la petite rouquine! Qui lui fit un petit sourire de regret! Non, il n'avait pas rêvé! Elle lui avait bien fait un sourire de regret!

Jack prit alors LA décision: à la prochaine danse à deux, scottish ou mieux, valse, il allait l'inviter à...

Oh non! Elle remettait son manteau! Le couple d'amis qui l'avait amenée s'en allait maintenant. Jack les vit partir à regret.

Si seulement elle revenait au prochain fest noz.

Il passa la semaine à attendre. Elle venait rarement aux cours. Sans doute qu'elle n'habitait pas dans le coin.
Le samedi arriva. Il se prépara.
La soirée serait belle: à l'affiche que de bons musiciens .
Dans la salle déjà pleine, il ne la vit pas.
Il posa son blouson sur le dossier d'une chaise, s'assit, et attendit que la musique commence.
Il regardait les musiciens.
L'accordéoniste avait un superbe diatonique. Jack était tenté d'en acheter un. Il jouait très bien de l'harmonica, jouait ou chantait des chants de marins avec un groupe de copains, mais le diato, c'était très beau.
On peut jouer et chanter en même temps.
Il en était là de ses pensées quand il entendit une petite voix lui demander si la chaise près de lui était libre.
Il tourna la tête pour répondre que oui quand son cœur fit une embardée: la petite rouquine était là!

Elle posa son manteau sur le dossier, s'assit à ses côtés.

Elle se mit elle aussi à regarder les musiciens qui se préparaient.

Jack n'osait pas bouger.

Il avait remarqué d'autres chaises vides plus loin... Donc, cela voulait peut-être dire que... euh, non. Cela ne voulait rien dire en fait. D'ailleurs, euh...Non NON NON il n'allait pas se mettre à rougir!

Ce n'était vraiment pas le moment!

Ouf l'accordéoniste s'approchait du micro! Il annonça une gavotte, puis le groupe démarra.

Jack se leva pour compléter la chaîne des danseurs. Il glissa son bras gauche sous le bras droit de la jeune fille qui était déjà en mouvement. Il sentit une main se glisser sous son bras droit, il jeta un œil. Oui! C'était sa voisine de chaise! La soirée commençait drôlement bien!

Elle avait l'air d'être venue seule...

Ils enchaînèrent plusieurs danses avant de s'écrouler sur leur chaise, en nage.

Tout étonné de son propre culot, il s'entendit lui proposer de prendre un verre à la buvette.

Elle accepta.

A la seconde limonade, il essaya de lier la conversation.

Pas facile quand on est timide.

Il dit qu'il trouvait le groupe musical très bien. Elle hocha la tête.

Il dit qu'il y avait pas mal de monde ce samedi-là, alors qu'on était fin novembre, elle hocha de nouveau la tête.

Il ne dit plus rien. Soit il l'ennuyait soit, euh, elle n'avait aucune conversation.

Il n'allait quand même pas lui parler du temps! En novembre, en Bretagne, à part parler de la pluie....

Elle posa son verre et lui proposa de retourner danser. Il la suivit.

Chic, une valse! Mais il n'osait pas trop s'approcher, se demandant si elle allait lui mettre une gifle direct ou si elle allait simplement refuser.

En fait c'est elle qui lui sauta dessus, vu qu'il n'avait pas l'air de se décider.

Bon il savait valser à l'endroit, à l'envers.

Il le lui prouva. Elle suivit sans difficulté.

Il était ravi! Il se rendit compte qu'il souriait béatement, voire niaisement.

Il se ressaisit juste à temps.

Elle était plus petite que lui, elle n'y vit que du feu. La valse dura longtemps.

Enfin pas assez longtemps au goût de Jack qui lâcha sa cavalière comme à regret.

Les musiciens posèrent leurs instruments. Un duo de Kan ha Diskan s'approcha des micros, annonçant une dans fisel.

Mais la jeune rouquine avait filé!

Sur sa chaise, Jack se mit à la chercher du regard. Au moins elle avait laissé son manteau sur la chaise.

Ah, elle discutait près de l'estrade avec l'accordéoniste. Oh, elle semblait bien le connaître. Zut, ils avaient l'air proches tous deux, complices même.

Le cœur de Jack se mit à saigner.

Une grosse fatigue se mit à le submerger. Pour une fois qu'il trouvait une fille bien, voilà, elle était déjà prise.

Trop injuste.

Il se mit à admirer le bout de ses chaussures.

Il n'avait même plus envie d'aller danser.

La jeune fille revenait.

Elle s'assit.

Il ne devait pas bouder.

Après tout, sa cavalière ne lui appartenait

pas!

Il lui parla de l'accordéoniste, disant qu'il jouait bien.

Que lui aussi, Jack, il jouait d'un instrument de musique. De l'harmonica. Dans un groupe de chants de marins.

Elle répondit qu'elle n'aimait pas les chants de marins.

Il se tut.

Elle lui dit qu'il était impossible de jouer de l'harmonica et chanter en même temps.

Il joua alors son vatout, lui fit son plus beau sourire et répondit qu'il n'avait jamais essayé.

Ils rirent tous deux.

Puis plus sérieusement il expliqua qu'il voulait se renseigner pour acheter un diato d'occasion et prendre des cours.

Elle ne répondit pas.

Les chanteurs lancèrent un appel à la gavotte d'honneur.

Il se leva, lui proposa d'être son cavalier, elle le suivit. Leur bal reprenait.

Ils ne retournèrent s'asseoir qu'à la fin du tour de chant.

Les musiciens revenaient tranquillement pour

terminer la soirée.

Jack hésita puis demanda à la jeune fille si elle comptait rester jusqu'au bout.

Elle lui répondit que les amis qui l'amenaient d'habitude étaient en voyage. Elle était donc venue en voiture, avec l'accordéoniste et qu'elle partirait avec lui quand il aurait terminé.

A la fin de la première phrase, Jack était tout joyeux.

A la fin de la seconde, sa déprime était revenue au grand galop.

Mais la jeune fille se leva, lui dit que les musiciens allaient lancer un cercle circassien. Il sauta sur ses pieds et lui prit la main pour l'emmener danser.

A la fin du bal ils étaient épuisés. Elle s'assit pour attendre que les musiciens aient fini de remballer leur matériel.

L'accordéoniste approcha, fit un gros bisou sur la joue de la jeune fille et lui dit «Sœurette, si tu es prête, on y va ».

A ces mots Jack sentit sa fatigue s'envoler. Surtout lorsque la jeune fille lui présenta son frère!

Elle avait l'air de bien s'amuser, à ses dépens!

Ils se dirent au revoir, se donnèrent rendez-vous la semaine suivante.

En fait ils ne se quittèrent plus du tout.

Et parfois le samedi, je les croise quand je vais au fest noz dans le coin. Ils sont toujours aussi timides, mais ils dansent toujours aussi bien.

Ah oui au fait, Jack a racheté son diato au frère de sa dulcinée. Maintenant, il peut accompagner et chanter avec son groupe de chants de marins. Et il se débrouille très bien

Plan informatique

I paraît que la plupart des couples se forme à la fac, ou bien sur le lieu de travail.

La petite histoire suivante ne déroge pas à la règle.

Martin, jeune homme sans histoire, doté d'une intelligence brillante mais un peu « paresseux » au niveau écrit, se demandait ce qu'il allait faire maintenant qu'il avait son bac S en poche.

Il n'aimait pas les maths.

Mais était doué en informatique.

A cette époque-là, ce segment était en plein essor. Et en fac, cette filière demandait un minimum en maths.

Il deviendrait donc informaticien.

Il s'inscrivit à Paris. Et redoubla sa première année.

Trop de maths.

Il se mit quand même à bosser sérieusement en tant que doublant. Même en maths.

Après tout, il y allait de son avenir.

Ceci étant, il ne lâchait pas son ordi. Même au resto U. Où la bouffe était infâme. Mais les filles y étaient jolies.

Et justement, depuis quelques jours, il avait remarqué une blondinette assez canon.
Bon un peu grande, un peu distante, mais apparemment sympa. Et dans un de ces petits jeans moulants... Qui lui faisait penser que les filles en jupe, ce n'était pas la panacée.

Mais comment l'aborder?
Au fait, il avait repéré qu'elle était un peu comme lui: dès qu'il y avait du wifi, elle allumait son ordi... il fallait creuser dans ce sens-là.

En faisant mine d'aller chercher un café au distributeur du coin, en se tordant discrètement le cou, il réussit un jour à voir par-dessus son épaule:
elle écrivait des messages instantanés électroniques via le site de la fac.
Bon c'était un début.
Il lui fallut une bonne semaine, plein de pièces de 1 euro et autant de cafés imbuvables et

lyophilisés, cafés lavasses, pour saisir tout son identifiant.

Le reste fut chose facile: il se créa un compte, sous le prénom de « Marie, une copine de promo », la demanda en amie et quand elle eut cliqué sur « oui », il la sollicita pour avoir de l'aide en maths, elle accepta.

Ils purent ainsi « converser » aussitôt.

Via leurs ordis alors qu'ils étaient assis pratiquement face à face!

Commença alors une suite d'échanges épistolaires virtuels qui auraient fait pâlir d'envie Madame de Sévigné soi-même.

Seul Martin savait qu'il écrivait à la fille assise en face de lui. Elle, elle ne devinerait jamais que Marie était un garçon, et qu'il lui écrivait alors qu'il était assis quasiment en face d'elle!

Tout se passait bien. Martin faisait des progrès en maths, Nancy (la jeune fille....) se plaisait à aider son amie virtuelle. Sans chercher à savoir qui elle était...

Jusqu'au jour fatidique où, devant préparer

un gros partiel de maths, Nancy proposa à Marie de la rencontrer pour mieux l'aider. Elle proposait des exercices de révision, de soutien.

Martin lâcha un « flûte » devant son écran. Toute la salle entendit, pire, Nancy leva deux yeux bleus étonnés et croisa le regard de son voisin.

Elle lui dit « ça va Martin? »

Ah ben ça alors! Elle connaissait son prénom?!!

Il la regarda bêtement, reprit ses esprits, et s'entendit balbutier « Oui, oui, merci. Juste une mauvaise, euh, une mauvaise nouvelle. » et il replongea le nez sur son clavier.

Il se sentait acculé.

D'un côté il avait besoin, voire, très envie, de ces révisions, d'un autre côté, comment tout lui avouer?

Et en plus elle avait un de ces regards lumineux et... innocent!

Comment lui expliquer que ça faisait des semaines qu'il la dupait?

Enfin non, pas en maths.

Il ne la dupait pas en maths, ça elle s'en était certainement rendu compte.

Le pire était qu'il ne l'entendait plus taper. Elle attendait patiemment la réponse de Marie... Comment se sortir de ce guêpier?

Et puis, si elle ne tapait plus, elle entendait que lui non plus... il ne devait pas se trahir. Pas tout de suite. Pas comme ça.

Il ouvrit une page de traitement de texte en parallèle de la messagerie instantanée et se mit à taper n'importe quoi dessus.

Ouf! Visiblement, Nancy n'avait rien compris! Elle se levait... Discrètement Martin leva les yeux, discrètement il la suivit du regard. Fausse alerte! Elle allait se chercher un café lavasse.

Il masqua rapidement sa fenêtre de traitement de texte et tapa en réponse à Nancy: « Oui! Très bonne idée! » et rappela tout aussi rapidement sa fenêtre de traitement de texte. Et se remit à taper n'importe quoi.

Nancy revint s'asseoir, vit la réponse, répliqua aussitôt.

S'ensuivit de nouveau une conversation tout à fait naturelle. Ou presque.

Pour continuer de brouiller les pistes, Martin

tapait quasi en même temps sur ses deux fenêtres.

Et pour ne pas s'embrouiller, il tapait deux fois la même chose!

Il avait l'air de bien s'en tirer somme toute. Et il avait rapidement décidé de la suite à donner à cette affaire:

il accepterait le rendez-vous, priant le ciel qu'elle lui propose de le retrouver dans sa chambre à elle; il arriverait à l'heure, avec un bouquet de fleurs et lui déballerait tout. Voilà!

Il venait d'envoyer « Où et quand? » lorsqu'un copain vint lui dire de remballer ses affaires: Il était l'heure de retourner en cours! Nancy n'ayant rien confirmé, il faudrait attendre la fin de la journée.

Elle refermait son ordi.

Elle tourna les talons sans un regard pour le jeune homme, qui fit de même.

Il avait toute l'après-midi pour se remettre de ses émotions, et pour peaufiner son plan déballage: pourquoi pas un bouquet et une bonne bouteille?

Zut au moment où il refermait son ordi, une petite sonnerie lui indiqua qu'il avait une réponse sur sa messagerie.

Bon il verrait plus tard.

Il entra dans l'amphi.

A la fin de la journée, Nancy fila avec une copine, après avoir jeté un regard circulaire sur tous les visages. Elle cherchait à savoir qui était Marie.

Le jeune homme se fit tout petit.

Il ouvrit négligemment sa messagerie.

Et retint un nouveau juron: Nancy invitait Marie à travailler... à la cafétéria!

Devant tout le monde! Le lendemain midi! Non, non et non! Il n'allait pas se pointer avec un bouquet et se déclarer devant 30 personnes, au bas mot, peut-être même plus!

Fixant son écran, il se gratta la tête, puis le menton.

Signe chez lui d'une intense réflexion.

Bon, rien ne venait!

Il ferma son ordi, rangea ses affaires et partit. Cette histoire allait lui faire rater son train!

C'est en attendant son RER sur le quai de la gare qu'il comprit qu'il avait tout faux:

Elle attendait le même train que lui!

Elle n'habitait pas dans le coin et n'avait donc pas de chambre à l'université.

Son plan drague se compliquait.

Le train arriva, la jeune fille monta.

Il avait pris soin de rester loin.

Et se retrouva assis sur la banquette derrière elle!

Il voyait sa tête bouger... et comme elle parlait avec sa copine, si elle tournait un peu plus la tête il allait se faire repérer!

Quelle galère!

Oh et puis flûte!

Il prit l'air le plus dégagé possible et regarda par la vitre sale et taguée.

Mais moins il y pensait et plus cette fille le hantait.

Des gens descendaient, très peu montaient. Il ne s'en rendait même pas compte.

En revanche, il se rendait compte que Nancy envahissait son esprit.

Il avait honte, elle méritait mieux qu'un plan drague.

Il avait tout gâché et ne voyait vraiment pas comment se rattraper.

Plus personne à côté de lui: il sortit son ordi.

Il avait un message directement dans sa boîte

mail. Il lut:

« Salut Martin, c'est Nancy. Je ne sais pas si tu te souviens qu'on avait tous listé nos mails sur une feuille en début d'année.

(Ah le nul! Il avait oublié la liste!)

Comme je l'ai conservée,

(Lui aussi l'avait conservée!)

j'ai pu facilement te retrouver

(Euh, pourquoi lui?).

Alors, il paraît que tu fais des progrès en maths?

(Là, il se sentit rougir)

J'en suis ravie.

(Pas lui!)

J'ai tout découvert,

(Un trou de souris, vite!)

facile, tu tapais quand j'arrêtais! J'ai vite compris!

(Là il se sentit tout petit, petit)

Les cafés ne t'ont pas trop fait mal au ventre j'espère?

(C'était maintenant qu'il avait la boule dans le ventre)

La prochaine fois que tu veux monter un plan drague, ne te mets pas en face de la fille, ton visage te trahit!

(Là, sur le coup, son visage, il était cramoisi!

Il n'osait pas lever les yeux, il la sentait tout près, tout près. Quel nul, il avait tout gâché! Au moins il allait économiser le prix d'un bouquet. Et d'une bouteille. Quelle maigre consolation)

`Dis bonjour à « Marie » de ma part. Salut. »`

(Fin du message. Martin était pétrifié, mortifié, écrabouillé.)

Que répondre? Comment répondre? Pourquoi répondre?

Il leva enfin les yeux: Nancy avait disparu!

Non mais quel nul! Il n'avait même pas vu où elle était descendue!

Et lui n'était pas encore arrivé!

Bon après mûre réflexion il tapa « `Je suis désolé. Vraiment désolé.` » et envoya. Plus stupide, il ne trouva pas.

Il allait refermer son ordi quand une réponse apparut. Mais alors elle était toujours là? Relevant le nez il ne la vit pas. Mais il lut : « `Tu n'as pas de meilleure excuse?` » Aussitôt, et assez stupidement, dans le feu de l'action, il dit à haute voix « Ben non! » et derrière son dos une voix lui fit écho « Franchement, Martin, comme plan drague, tu repasseras! Tu es plus nul qu'en maths! Je ne le crois pas! ».

Il se retourna brusquement, elle était là!

Sourire jovial, regard narquois...

Elle se moquait de lui.

Ouvertement!

Il reprit vaguement ses esprits, rangea son ordi.

Elle vint s'asseoir à côté de lui.

Elle était non seulement jolie, très jolie, mais très intelligente aussi!

Et pour finir de se rendre ridicule Martin s'entendit dire à Nancy « On se marie quand tu veux »!

Au lieu de s'enfuir en le traitant de débile, elle lui fit le plus beau sourire qu'il ait jamais vu. Et répondit « On verra, après une petite période d'essai! »

Ils ne se quittèrent plus mais patientèrent jusqu'à la fin de leurs études pour se marier. Elle y tenait car comme elle disait: Pas de mariage, pas de bébé.

Elle avait fait quand même subir à Martin une période d'essai de 5 ans, le pauvre!

Ils en eurent plusieurs, des bébés, tous fous de jeux informatiques.

Non seulement ils sont toujours heureux aujourd'hui, mais ils ont aussi réussi à avoir un job dans la même entreprise.
Ils travaillent dans le même bureau.

Ces deux-là, ils ne se quitteront pas de sitôt!

Les italiens

n dit que les français sont les rois de la séduction. Et les italiens alors? Voyez le grand Casanova.

Cette petite histoire se passe dans le nord de l'Italie.

Elle met en scène Claudio un jeune homme érudit, préparant un doctorat en physique nucléaire, mais malgré tout bien de sa personne, sympa et avenant.

Ainsi que Federica, une jolie jeune femme mince, au profil étrusque, étudiante en arts plastiques et décoratifs, et qui, pour se payer ses études décorait régulièrement, justement, la vitrine d'un des plus grands magasins de lingerie féminine et vêtements de marque de l'artère principale de la ville de T.

Claudio passait souvent par cette avenue très fréquentée, ne faisant pas attention au monde alentour.

Enfermé dans sa bulle, il réfléchissait.

Été comme hiver, temps ensoleillé ou pluvieux, Claudio portait un vieil imper tout défraîchi, façon « Lieutenant Colombo » et une besace pleine de dossiers, calepins et autres papiers, tous couverts de formules, hiéroglyphes et bizarreries que seuls les scientifiques de haut vol savent déchiffrer. Leur langage codé et secret rien qu'à eux. Mais qui permettait d'envoyer des fusées sur la lune, des petits robots sur Mars et fabriquer des écrans de télévision plats à plasma liquide. Quand même.

Bref Claudio était un scientifique dans toute son horreur.
Aucune attache familiale, pas le temps, aucune amourette non plus. Trop prenant.

Federica avait repéré Claudio car son manège l'intriguait:
Régulièrement il s'arrêtait devant le magasin, son imper bouffant comme une cape autour de lui.
Il tournait le dos à la vitrine, ou faisait les

cent pas. Une main sur l'oreille gauche, l'autre main faisant des figures bizarres dans l'air.

Et tous les soirs, été comme hiver, c'était pareil.

Sauf les dimanches et lundis, jours de fermeture de la boutique de vêtements de marque et lingerie féminine.

Car Federica, en congé, ne le voyait pas.

Elle hésitait entre le prendre pour un fou, un satyre ou un exhibitionniste.

Fallait-il appeler les carabinieri?

Non. Après tout, il était trop drôle ce garçon!

Il devait en faire des kilomètres!

Il allait l'user le trottoir devant la vitrine du magasin de vêtements de marque et lingerie féminine.

Tous les soirs, à la même heure, il était là!

Il était visiblement au téléphone, il devait avoir un de ces gadgets à la mode, qui permettait aux nantis d'appeler de n'importe où, n'importe qui.

Pas gêné qu'on entende toute la conversation,

ou presque!

Mais que cherchait-il à faire?
Attirer l'attention de Federica?
Bon d'accord, il était plutôt mignon, grand, un peu trop grand pour elle d'ailleurs.
Carré des épaules, un peu trop carré.
La frêle jeune fille préférait les garçons moins « baraqués », genre athlète de course à pied et non pas rugbyman ou footballeur.
Elle pouvait le détailler tout à loisir car chaque samedi soir, à la fermeture, elle changeait la vitrine pour la semaine suivante, déshabillant un mannequin par ci, en rhabillant un autre par là, changeant la posture de celui-ci, tournant le regard de celui-là.

Et chaque samedi soir, il était devant la vitrine, arpentant son trottoir.

Une fois elle se piqua méchamment, en se plantant une aiguille destinée à faire tenir une écharpe de soie sur l'épaule d'un mannequin féminin: Le garçon était face à elle, tête baissée, s'il levait la tête, il allait l'apercevoir!

Elle rata l'écharpe, pas son doigt. Elle poussa un petit cri que le jeune homme n'entendit pas. Elle fila soigner sa blessure avant de mettre du sang partout.

Son mouvement fit lever la tête de Claudio qui, complètement pris par ce qu'il faisait, ne se rendit même pas compte qu'un des mannequins venait de filer à l'anglaise.

Il reprit sa marche rapide.

Federica revint terminer son travail, un pansement au bout du doigt.

Mais ce petit jeu l'amusait!

Elle se mit à surveiller le jeune homme ....

Une autre fois, elle prépara le plus beau striptease de mannequin en plastique que la terre n'ait jamais vu!

Comme la patronne était partie, elle avait mis de la musique sur le vieil électrophone poussif qui lui avait été offert pour un anniversaire.

Pas n'importe quelle musique:

la chanson suave et langoureuse « Un amore grande » interprétée par Pupo.

Elle raffolait de cette chanson.

Elle avait posé le vieux disque tout usé sur la

platine, mis le son à fond, avait choisi le mannequin le plus couvert de vêtements.

Bien entendu, elle avait pris soin le samedi précédent de commencer par lui mettre les sous-vêtements de satin les plus affriolants, les plus rouges, les moins couvrants ....

Le jeune homme approchait.

Au premier refrain « un amore grande che comincia piano» elle commença par ôter le chapeau du mannequin, en évitant habilement de toucher au fil de pêche qui maintenait la tête accrochée au plafond, laissant échapper une cascade de cheveux blonds, longs, bouclés, en vraie fausse perruque.

Le jeune homme passa.

Federica se glissa derrière le mannequin, ses bras remplaçant ceux de la silhouette et, sur la phrase « In un mundo che fa sempre meno poesia », elle commença à déboutonner lascivement la veste couleur parme, dévoilant peu à peu un chemisier nacré au décolleté plongeant, très plongeant.

Le jeune homme repassa.

Federica, qui le suivait du coin de l'œil, attendit qu'il se retourne pour faire glisser doucement la veste parme le long du mannequin. Peine perdue.

Bon, elle passa au plan B :
la phrase « e camino di notte come i gati e la luna » ne l'inspirait pas trop mais bon, à la guerre comme à la guerre :
le jeune homme avait fait demi-tour, les mains de Federica attaquèrent le corsage.
Plus trop de boutons à défaire, vu le fameux décolté plongeant que la jeune femme avait sciemment posé, qui laissait apercevoir la dentelle rouge séparant les deux tout petits bonnets du tout petit soutien-gorge du même rouge éclatant.
Hop, une épaule se dénuda au moment où le jeune homme passait.
Encore raté ! Zut alors !

C'est donc sur « ho capito di avere bisogno di te » que la seconde épaule refusa de se dévoiler. Le joli chemisier refusa de dégringoler !
Federica tira, le mannequin vacilla.

Le jeune homme ne cilla pas.

Federica attrapa la tête du mannequin juste à temps: elle avait le tournis! Mais le fil de pêche avait l'air de tenir bon.

D'un geste rapide elle arrêta le balancement de l'objet, tira sur le chemisier d'un coup sec. Le chemisier craqua, se déchira et tomba lamentablement aux pieds de la jeune fille.

Oups! Au premier coup d'œil, Federica vit qu'il était définitivement perdu.

Un chemisier à dix mille lires.

Pupo en rajouta et se mit à susurrer: « Un amore grande la meta' del cielo, per tocare il fondo per spiccare il volo ».

Il était temps d'attaquer la seconde partie: la jupe, courte, moulante à souhait.

Mais, hélas, trop moulante!

Elle ne voulait pas glisser. Pourtant Federica avait pris soin (en y mettant plus de 20 minutes!) de vêtir les jambes fuselées de deux magnifiques bas de soie couleur miel clair, hyper glissants, sauf quand il s'agissait de les enfiler sur une paire de jambes en plastique moulé, impossibles à démonter séparément. Elle avait failli accrocher ces maudits bas et filer des mailles plusieurs fois!

Quant aux jarretières, noir lustré, Federica n'était pas une grande professionnelle de la pose de ce genre d'accessoire dont, apparemment, les hommes raffolaient.

Et apparemment, c'était une de ces fichues jarretières qui mettait le bazar! La jeune femme dut tirer un peu trop fort sur la jupe, une des jarretières cassa. Mais enfin la jupe glissa.

Laissant apparaître la fameuse jarretière cassée, coincée dans l'élastique de l'entrejambe de la magnifique petite culotte en dentelle. Rouge vif.

C'est en cherchant à rattraper ladite jarretière que Federica se prit le pied gauche dans la jupe. Voulant se retenir au mannequin, qui n'en demandait pas tant, elle s'effondra sur lui et se retrouva à quatre pattes par terre.

Elle se retourna pour s'asseoir, et reprendre ses esprits.

Elle n'aurait pas dû. Face à elle, le jeune homme, bouche bée, bras pendants, essayait de comprendre ce qui venait de se passer.

Et là, comble du bonheur, Federica , voulant se recoiffer un peu, se passa une main dans les cheveux.

Y laissant accrochée la jarretière cassée.

Ce qui fut du plus bel effet.

Dehors, le jeune homme riait.

Dedans, Federica boudait.

La tête du mannequin, en équilibre précaire, en profita pour casser son fil de pêche et assommer à moitié la pauvre Federica qui n'en menait déjà pas large.

Le jeune homme bondit:

Il repéra aisément le bouton d'ouverture du rideau de fer qui condamnait la porte d'entrée vitrée.

Il se releva dans un vieux bruit de tôle ondulée. Puis un déclic indiqua au jeune homme que la porte était déverrouillée. Il entra. Ce qui déclencha l'alarme.

Mais ne couvrit pas la voix du chanteur de charme qui répétait en boucle et inlassablement « un amore grande un amore immenso ». Le disque était définitivement rayé.

Et Federica définitivement mortifiée. Elle reprenait ses esprits, le jeune homme l'aida à se relever, ils firent tomber le pauvre électrophone qui en profita pour rendre l'âme, et couper le sifflet à Pupo et à ses choristes.

Le jeune homme aida la jeune fille à s'asseoir près de la caisse, sur le siège derrière le comptoir.

D'un geste machinal, elle coupa l'alarme, juste au moment où le jeune homme, pour se faire entendre, lui criait « Je m'appelle Claudio, et vous? »

Et dans un silence de mort elle s'entendit lui répondre « Non, pas moi. Moi c'est Federica. » et ils partirent dans un même fou rire qui leur fit avoir mal aux côtes plusieurs jours durant.

Claudio tint à payer les dégâts et à offrir une vraie chaîne hifi à Federica.

Ils se revirent souvent, hors du magasin.

Claudio expliqua qu'il ne captait pas bien ses collègues avec son téléphone cellulaire (ah, c'est comme ça que s'appelait ce genre de gadget!) sauf devant le magasin. Sans doute parce qu'il y avait une antenne relais dans l'angle de la rue et de l'avenue.

Federica avoua que ce petit manège intriguant lui avait beaucoup plu.

Mais c'est bien plus tard qu'il osa avouer que, le soir du striptease, il n'était au téléphone avec personne, qu'il avait tout vu et qu'il avait eu, la première surprise passée, un plaisir fou à surveiller, du coin de l'œil, le striptease du mannequin en plastique … jusqu'à la chute finale!

Elle ne lui en voulut pas et dit oui lorsqu'il lui demanda de l'épouser.

Comme quoi, les jarretières ne sont pas les seuls accessoires dont les hommes raffolent. La mise en scène est apparemment tout aussi importante.
Mesdames, vous voilà averties.

ℒe corsaire du roy

e carnaval et Mardi-Gras ne sont pas des événements réservés aux enfants.

Certains adultes aiment y participer.

Prenez de jeunes gens qui viennent de rentrer dans la vie active. Ils ont leur avenir tout tracé devant eux. Ils ont travaillé dur pour y arriver, fait des études souvent poussées pour décrocher un poste intéressant.

Ils ont parfois besoin de souffler.

François, un copain de promotion de mon amie Flo, voulut l'inviter à un bal costumé en plein mois de février.

Il fêtait la fin d'un stage, du moins c'était ce qu'elle avait plus ou moins compris.

Elle accepta, se disant que ça la ferait lever un peu la tête hors des examens. Elle détestait les déguisements. Mais bon, elle devait avoir un paréo et un tee-shirt de Tahiti quelque part dans ses armoires. Ça ferait l'affaire. Une fleur dans les cheveux, un peu de maquillage et le tour était joué. Sans oublier la magnifique paire de boucles d'oreilles que son dernier , non avant dernier petit ami lui avait offerte:

Deux petites perles blanc nacré au-dessus d'une magnifique perle noire, poe rava, en forme de goutte d'eau, se balançant à chaque oreille, au rythme de ses pas.

C'est ainsi qu'elle fit son apparition dans l'encadrement de la porte de la salle de bal ce soir-là.

Les yeux à peine bordés de mascara, la jeune fille entra à pas lents. Elle ne cherchait pas à impressionner la gente masculine.

C'est pourtant ce qu'elle fit.

Plus d'un garçon se retourna sur ses pas. Elle n'en avait cure. Elle ce qui l'intéressait, c'était de danser pour se défouler un peu. Boire, avec modération, et papoter à profusion.

Plusieurs de ses copines étaient de la fête.

Elle bavardait près du comptoir, sirotant un cocktail des îles sans alcool, quand elle vit une apparition.... Paul, le chef de service dans lequel son copain François avait fait son stage, avait été lui aussi invité. Sans lâcher sa paille, Flo leva les yeux et admira le personnage.

Il avait revêtu un costume plutôt seyant, plutôt près du corps aussi.

Bien découplé, c'est en Corsaire du roy qu'il fit son entrée. Collant moulant, bottes de chasse à cuir souple, juste au corps sur chemisier blanc à manches bouffantes. Trop long, le juste au corps, d'après Flo, qui n'en perdait pas une miette. Il avait un petit côté Jean Marais version « Le Capitan » qui n'était pas pour lui déplaire. Le sabre en moins. Son amie Céline la calma vite fait d'un « Pas touche, Flo, çui-là est marié ». « Flûte. Il nous reste que les rogatons » soupira Flo en réponse, et en commandant un autre cocktail des îles, toujours sans alcool.

La soirée coula tranquillement. La jeune fille, après moult cocktails sans alcool, s'en fut regagner ses pénates en oubliant son corsaire au collant moulant.

Une année s'écoula. La dernière pour Flo qui préparait ses derniers partiels.

Février arriva, François la rappela. Son costume de vahiné avait beaucoup plu. Il refaisait une soirée costumée, Flo était réinvitée. Mais elle hésitait. Danser, c'est bien, boire des cocktails sans alcool, c'est bien aussi. Papoter, rigoler soit. Mais cette année, elle n'était pas trop motivée. Elle avait du boulot. Beaucoup de boulot. C'était une année importante, voire décisive. Elle hésita. Céline, la copine, la poussa à y aller, pour se changer les idées. Son costume était prêt. C'était juste pour une soirée... Elle finit par se laisser tenter. Le retour de la vahiné... Pourquoi pas!

Mais ce mois de février était bien froid. Elle avait pris son manteau le plus chaud mais elle grelottait dans cette maudite voiture qui refusait de démarrer. Elle aurait dû écouter son garagiste: la batterie avait vécu. C'était peut-être un signe: une dernière tentative. Si la voiture ne démarrait pas, elle remontait chez elle tout droit.

Le moteur démarra. La soufflerie du chauffage aussi. Mais c'est un air glacial qui s'engouffra dans l'habitacle. Non, franchement, pourquoi François faisait-il ses bals costumés en février?!

Bon, elle se décida et prit le chemin de la

salle de bal.

C'est pile au moment où elle se réchauffait enfin qu'elle dût se garer et affronter le blizzard jusqu'à la salle de bal. Évidemment elle était garée tout au bout du parking car évidemment tous les invités avaient choisi d'arriver avant elle et de lui piquer les places à proximité de l'entrée. Et puis le lampadaire le plus proche était trop loin. Où était le trou de cette maudite serrure? Et ce vent! Il allait finir par lui arracher sa vraie jolie fleur de tiare! Commandée chez la fleuriste spécialisée dans les bouquets compliqués.

Au fait, pourquoi avait-elle précisé, en lui faisant un clin d'œil complice, que Flo devait porter la fleur au-dessus de l'oreille droite? Ah et puis ces boucles d'oreille trop lourdes, trop longues! Elles lui tiraient le lobe des oreilles car le vent se prenait dedans. Quelle galère! Mais qu'est-ce qu'elle faisait là?!

Elle atteignit les marches du perron, s'engouffra dans le vaste hall heureusement bien chauffé. Lâcha brutalement la porte … sur les doigts d'un nouvel arrivant. Il étouffa tant bien que mal un « aïe » qui retentit pourtant dans tout le hall. Flo se retourna, s'excusa auprès d'un homme emmitouflé dans un loden qui ne laissait dépasser en haut qu'une chevelure épaisse, aile de corbeau et bien taillée, et en bas des boots bien cirées et qui disparut aussitôt, sans un mot, dans le vestiaire des hommes. Elle fila dans le vestiaire des femmes se refaire vite fait une beauté. Le gars aux boots lui disait vaguement quelque chose, mais quoi? Bah, sans importance.

Un bon quart d'heure plus tard, elle faisait son entrée.

Et comme l'année précédente, sur son passage, les garçons s'arrêtaient de parler et la suivaient du regard.

Flo accosta au bar, retrouva son amie Céline, et son premier cocktail des îles sans alcool. La fête battait son plein. Un jeune homme vint l'inviter à danser. Elle accepta. Un second puis un troisième tentèrent leur chance. Elle refusa et retourna à sa place de prédilection retrouver son amie. François vint lui faire la bise en coup de vent, une superbe blonde accrochée à son cou. C'est à cet instant-là qu'elle se rappela le gars aux cheveux ailes de corbeau! Et pile à ce moment-là, il fit son apparition: son Corsaire du roy! C'était pas des boots mais ses cuissardes en cuir bien ciré qui dépassaient du loden! Par contre il faisait une de ces têtes! Il approcha à l'autre bout du bar et commanda... un vittel-fraise!

Quelle horreur! Céline en frissonna de dégout. Et asséna « Tiens voilà ton flibustier! J'ai appris qu'il est libre maintenant. Tente ta chance, c'est un cœur à prendre! Et malheureux à ce que j'ai cru comprendre. Il est mignon, hein, si j'étais libre je tenterais de le consoler! Tu as vu ses fesses? Musclées hein? Enfin je dis ça, j'ai rien dit: son juste au corps est vraiment trop long. Pour une fois qu'on peut se rincer l'œil. Quoi! Je te choque? Eh! Oh! Les gars, quand ils nous reluquent, à quoi tu crois qu'ils pensent ma vieille? Sors un peu de tes bouquins! Pour une fois qu'on peut leur rendre la pareille! Bon y a mon chéri qui m'appelle! À plus tard ma belle!» et sur un bisou sur la joue de son amie, elle planta là Flo et son cocktail des îles. C'était vrai, il était plutôt mignon, le Corsaire du roy. Il avait une de ces chevelures! Mais alors, comment glisser discrètement de sa place à elle vers sa place à lui? Pfff, pas facile.

Elle continuait de réfléchir quand elle le vit finir son vittel-fraise, faire demi tour et s'en aller!

Flûte alors pour une soirée ratée, c'était une soirée ratée!

Elle vida son verre cul sec, partit sur la trace de son Corsaire du roy. Dans le hall plus personne. Envolé le Corsaire du roy! Disparu!

Il ne restait plus à Flo que deux solutions. La première, retourner s'ennuyer ferme au bal costumé de son copain de promo François. Elle choisit la seconde et fila récupérer son manteau au vestiaire. Basta. Lundi il y avait les partiels. Il lui fallait bien deux bonnes nuit de sommeil.

Dehors la neige avait fini par tomber! Il ne manquait plus que ça!

En serrant son manteau pour tenter d'échapper au blizzard et à la neige qui tombait dru, elle retourna au plus vite à sa voiture. Comme de bien entendu, elle ne trouva pas la serrure de sa portière, et, comble de bonheur, fit tomber sa clé dans la neige. Pestant, maugréant, et râlant, c'est à quatre pattes, le paréo trempé, qu'elle retrouva ladite clé. Le plus calmement possible elle chercha cette XXXXX de MMMMM de CCCC de serrure qu'elle finit par trouver et se jeta, frigorifiée, dans son auto immobile. Mettre la clé dans le Neumann fut une simple partie de rigolade, compte tenu du fait qu'elle avait les doigts gelés et qu'elle s'était mise à trembler. Quand enfin le trou accepta la clé, Flo eut beau tourner, retourner, re retourner la clé, rien n'y fit: la batterie avait fini par lâcher.

Définitivement apparemment.

Il faisait nuit. Il neigeait à gros flocons. Flo grelottait.

Là, elle finit par se demander si elle avait bien fait de venir à ce PPPPP de BBBBB de bal à la CCCCCC.

Quand elle entendit frapper au carreau de sa portière. Le vent s'en mêlait!

Ah non. Ce n'était pas le vent, mais un doigt ganté.

Ah bah si c'était pour se faire violer, le gars, il allait le sentir passer!

De rage Flo essaya de baisser la vitre, à grands coups de manivelle, se disant que, malgré tout, avoir une vieille bagnole pourrie ça valait le coup: pas de vitres électriques, donc si pas de batterie, hein, pas grave!

La vitre finit par accepter de se baisser.

Mais la jeune femme ne voyait pas grand chose: au bout du doigt, il y avait un bras, enveloppé dans une manche bouffante, façon Jean Marais, dans « Le Capitan ». Cette manche dépassait d'un magnifique loden en pure laine vierge, bien chaud.

Et en se penchant un peu, à contre jour du lampadaire tout au fond du parking, Flo aperçut une couronne de cheveux couleur aile de corbeau qui lui dit gentiment « Bonsoir mademoiselle. Je pense que votre batterie est vide. J'ai des pinces dans mon coffre. Voulez-vous de l'aide? ».

Quelques flocons s'étaient accrochés dans ses cheveux.

C'est à ce moment précis que Flo se dit qu'elle avait eu raison de venir à ce fameux et merveilleux bal costumé.

Marie et le jeune homme du port

es histoires d'amour ne se terminent pas toujours bien, hélas.

Marie était une jolie jeune fille de 18 ans, à qui l'avenir souriait. Elle avait passé, avec succès, ses baccalauréats, venait de réussir une partie de ses examens de secrétaire, arrivée seconde en option sténo.

Elle devait faire encore des progrès en vitesse de frappe.

Mais elle était excellente en orthographe.

Si tout allait bien, l'an prochain, elle aurait son diplôme de secrétariat. Et si elle continuait encore un an de formation, elle pouvait devenir secrétaire de direction.

Mais on était en juillet. Elle avait pour elle un grand mois de vacances. Qu'elle voulait passer à Locquirec. Car même si le temps était maussade depuis quelques jours, elle adorait se promener le long des grèves. Et comme les 7 plages de Locquirec communiquent entre elles à marée basse car, rappelons-le, Locquirec est une presqu'île, la jeune fille se retrouva rapidement au port.

Elle n'y rencontra pas de touristes. Il y en avait peu en cette première moitié du 20e siècle, malgré le fait que la IIIe république ait généreusement octroyé les Congés Payés depuis l'an dernier. De plus le temps ne se prêtait pas vraiment à la baignade.

Et pourtant si: au loin, là-bas, une tête flottait à l'horizon. Plutôt téméraire ce nageur, pensa Marie. Elle s'approcha du bord de mer. Elle aimait marcher pieds nus sur les vaguelettes de sable dur formées à marée descendante. Décidément, oui, ce nageur était fou. L'eau ne devait pas être chaude et le vent poussait le courant vers le large. Elle se mit à arpenter la plage parallèlement au nageur, qui avançait à un rythme bien régulier, lui faisant penser au champion olympique Johnny Weissmuller, qu'elle venait de voir au cinéma de Plestin dans son rôle phare de

Tarzan. Enfin, ce n'était pas tout à fait Tarzan, car ce jeune homme nageait tête dans l'eau. Le beau Johnny- Tarzan gardait toujours la tête hors de l'eau, en bon nageur de water-polo qu'il avait aussi été.

Marie s'arrêta pour mieux regarder.

Il avait du style ce nageur. Ses mouvements bien cadencés ne semblaient en rien gênés par le clapot. Il respirait tous les trois temps, une fois à gauche, une fois à droite. Ce devait être un bon nageur de fond. Marie se perdit dans ses pensées. Elle avait beaucoup aimé ce film de Tarzan . Il avait la mâchoire inférieure un peu trop carrée à son goût, certes, mais quelle plastique. Tout en muscles cet homme. Il devait en avoir des admiratrices. Il était certainement adulé. Il faisait la « Une » de bien des magazines, dont Marie et sa bande d'amies raffolaient.

Son Tarzan Locquirécois venait de faire demi-tour et nageait vers le bord. Marie, gênée, s'en aperçut juste au moment où il allait reprendre pied. Elle tourna vivement les talons, lâchement. Hâtant le pas, elle rentra par la jetée du port.

Mais le lendemain, malgré le même temps

maussade, Marie se permit la même promenade.

Et comme la veille, arrivée au port, elle espérait retrouver son Tarzan. Hélas. Personne sur les plages, personne dans l'eau. Le crachin y était-il pour quelque chose? Sous son parapluie, la mine déconfite, Marie pensa faire demi tour quand elle aperçut, au beau milieu du port, un peintre, attendant une éclaircie pour reprendre son tableau. Il l'avait protégé, à la manière d'un photographe cachant sa chambre de lumière sous un drap noir. Mais la bâche du peintre était transparente. Laissant apparaître vaguement les contours crayonnés de son esquisse. Assis devant son tableau, il regardait tranquillement la digue. Marie étant pratiquement derrière lui, il ne la voyait pas. La pluie n'avait pas l'air de le déranger. Ses cheveux blonds bouclés ne paraissaient pas trop trempés. Sa barbe blonde et courte non plus.

Marie n'aimait pas les barbus. Mais celui-ci avait un air juvénile et sa barbe lui donnait de la prestance. Oui, voilà. Ce jeune homme avait de la prestance. Et une peau bien trop pâle pour être de la région. Et puis, dans la région justement, les barbus ne prenaient pas autant soin de leur pilosité.

Marie allait rebrousser chemin, se demandant bien pourquoi elle avait dévisagé le beau jeune homme barbu étranger, lorsqu'il se mit à bouger. Il retira la bâche, d'un geste sûr, prit ses pinceaux et sa peinture et se mit à colorer son tableau. Ah il peignait selon la technique de l'aquarelle! Voilà pourquoi la pluie ne le dérangeait pas! De toute façon, il ne pleuvait plus. Mais Marie garda son parapluie ouvert. A la manière de l'autruche, elle devait sans doute penser qu'il la cachait de ce jeune aquarelliste qui avait l'air d'avoir bien du talent: sous les yeux de la jeune fille, le tableau du jeune homme prenait vie.

La digue apparut, puis le sable humide du port, tout luisant de pluie et d'eau de mer. On devinait même les ruisseaux filant retrouver la marée descendante. Le ciel à son tour s'anima. Que de nuages bas dans ce tableau-là! Ah tiens, d'un coup de pinceau habile, le peintre venait de faire apparaître un rayon de soleil, pâle et timide. Une barque blanche couchée sur le flanc tribord prit sa place à son tour. Puis un corps-mort jaune, un rouge, le vert de Toinen et le bleu de Calixte firent leur apparition. Marie comprit à l'instant combien une discrète touche de pastille d'aquarelle pouvait si bien colorer un tableau.

Le peintre reprit son crayon, se pencha sur la toile, d'un geste vif, que Marie ne pouvait pas voir, il crayonna … un arbre? Au milieu du port? Incongru! Ah mince alors, même sur la pointe des pieds, Marie ne voyait pas ce que le peintre dessinait. Il paraissait pourtant si frêle. Mais son épaule gauche masquait tout. Marie rongeait son frein. Le peintre rongeait son crayon. Puis il le posa, reprit sa peinture et ses pinceaux. Marie, n'y tenant plus, s'approcha. Et s'enfuit aussitôt: le jeune homme s'était levé et écarté: la jeune fille n'avait pas eu besoin de reste longtemps admirer l'œuvre: en plein milieu de la plage du port, en parfait accord asymétrique avec le paysage, le jeune homme avait croqué la jeune fille! Sous son parapluie...

Elle avait disparu quand le jeune homme décida de remballer ses affaires. Il était temps: la marée remontante avait atteint le bout de la jetée. Le peintre devait plier bagage sinon, il aurait bientôt les pieds mouillés! Mais il avait l'air de connaître le coin: il ne s'affola pas, rangeant méthodiquement son matériel. Même le petit siège pliant avait sa place, ainsi que la bâche. Le tableau avait suffisamment séché. Son attirail sur l'épaule gauche, le tableau sous le bras droit, le jeune homme entreprit de remonter sur la place du port. Il se mit alors à boiter fortement, se dandinant comme un canard. Marie, cachée derrière le plus gros platane de la place, riait sous cape. Elle avait pris soin de replier son parapluie. Elle était bien cachée et se moquait discrètement du joli jeune homme à la démarche de canard boiteux. Bon, ce fort claudiquement ne le rendait pas trop ridicule. Mais quand même. Le jeune peintre passa devant Marie, qui fit le tour du platane pour ne pas être repérée. Elle vit le jeune homme franchir l'entrée de l'hôtel Tilly.

Elle tourna tranquillement les talons, et rentra chez elle par la vieille côte.

Le soleil daignait enfin se lever.

Le jeune homme, après s'être discrètement retourné, avait suivi la jeune fille d'un air amusé. Il remonta son matériel dans sa chambre. C'était une belle journée qui commençait. Un solide petit-déjeuner l'attendait.

Le lendemain, le soleil fut le premier à se lever. Marie, enchantée, partit pour sa promenade matinale plus tard qu'à l'accoutumée. Arrivée au port, pas de peintre au milieu de la plage. Mais derrière le môle, Tarzan s'entraînait.

La jeune fille resta sur la digue pour mieux le regarder, sans trop se faire voir. Le nageur était toujours aussi élégant. Il semblait infatigable. Elle resta le regarder un bon moment.

Après un bon kilomètre de natation, au bas mot, selon l'estimation de Marie, qui savait nager mais pas aussi bien que Tarzan toutefois, le nageur se mit à revenir vers le bord de l'eau. Marie, du haut de son promontoire, ne bougea pas. D'autres promeneurs arpentaient la digue. Elle passait

inaperçue. Tarzan se releva. Mince et élégant.
Quelle plastique... Pas Tarzan, mais tout de
même stylé et élancé. Tiens il était blond, et
barbu. Il sortit de l'eau, se mit à boiter bas.
C'était le jeune peintre de la veille!
Si élégant dans l'eau, si altier devant sa toile.
Si boiteux sur la terre ferme.
Marie fit demi tour aussitôt.

Et revint le lendemain. En maillot de bain. Il
faisait toujours beau. Le soleil avait fini par
daigner réchauffer les baigneurs de juillet.
Mais Tarzan n'était plus là. Marie ne le revit
plus de l'été. Il s'était envolé.

L'année passa vite. Marie améliora sa vitesse
de frappe à la machine à écrire et reçut son
diplôme de secrétaire, option sténo-dactylo.

Elle briguait une place à la Caisse des Dépôts
et consignations de Morlaix.
Sa lettre d'introduction avait été retenue.
Elle avait rendez-vous le premier lundi de
septembre. Elle disposait de deux longs mois
de vacances.

Elle reprit donc ses promenades sur les plages de Locquirec.

Mais elle ne vit pas Tarzan. Du moins, pas le samedi. Ni le dimanche. Pas plus que le lundi. Le jeune peintre devait être un touriste de passage.

Tant pis. De toute façon Marie avait à peine pensé à lui, à ses boucles blondes, à sa jolie barbe si bien taillée. A son allure de nageur de....mais son nageur était là, nageant son kilomètre au large dans la baie du port!

Cette fois Marie resta et attendit qu'il sorte de l'eau. Ce qu'il fit assez rapidement.

Marie ne bougea pas.

Il s'approcha, claudiquant.

Il lui dit bonjour, avec un léger accent étranger.

Elle lui répondit.

Ils ne se quittèrent pratiquement plus de tout le mois.

Elle eut ainsi le temps d'apprendre qu'il était hollandais de par son père mais français de par sa mère. D'où sa parfaite maîtrise de la langue. Et son amour pour la Bretagne où il venait en vacances d'été depuis une dizaine d'années!

Il avait eu la polio à l'âge de onze ans, mais en avait guéri. Avec certes des séquelles, mais très peu heureusement. C'est la natation qui l'avait rééduqué.

Il nageait par tous les temps, ou presque.

La preuve qu'il n'était pas handicapé: il avait fait son service militaire! Bon d'accord, exempté des corvées sportives (il avait omis de préciser qu'il était un nageur hors pair), il avait été assigné à la conduite de la jeep du colonel du camp où il avait été affecté! Mais c'était bel et bien la preuve qu'il était tout aussi valide que n'importe quel autre homme!

Marie n'en douta plus une seule seconde.

La peinture était son violon d'Ingres car il faisait ses études de droit pour reprendre l'étude de notaire de son père, à La Haye.

Pour lui, l'aquarelle était un passe-temps, mais pour sa famille, il avait un savoir-faire certain.

Et cet été-là, il exposait chez Paulo Seité, au Grand Hôtel des Bains.

Paul et Marie-Thé, sa sœur, aimaient les artistes, enfin ceux qui avaient du talent. Ils avaient accepté les toiles du jeune homme.

Marie fut conviée à visiter l'exposition avant tout le monde.

Le jeune homme lui servit de guide.

Et c'est ainsi qu'elle apprit qu'il avait baptisé le tableau qu'il avait peint dans le port « la jeune fille au parapluie »!

Il partit à la fin du mois. Promettant à Marie de revenir l'été suivant. Et de lui écrire chaque semaine.

Durant leurs échanges épistolaires, elle lui apprit qu'elle avait eu le poste de secrétaire qu'elle convoitait à la Caisse des Dépôts et Consignations de Morlaix. Il lui répondit qu'elle lui manquait horriblement.

Il revint, début juillet! Avec une magnifique bague de fiançailles et le joli tableau en cadeau!

Il lui fit sa demande en plein milieu de la baie! Et bien entendu Marie dit oui!

Mais ils devaient attendre une longue année avant de pouvoir se marier car Marie n'avait que 20 ans. Lui était majeur. Pas elle. Ils décidèrent de ne pas se quitter de tout le mois.

Hélas, c'était l'été 1939. Il fut appelé sous les drapeaux avant la mi-juillet. Marie dut le laisser partir. Son colonel avait besoin de son chauffeur.

Il reviendrait dès qu'il aurait sa première permission. Peut-être qu'il pourrait faire accélérer la date du mariage. Il reviendrait vite. Ils ne se quitteraient plus jamais. Elle serait la mère de leurs enfants. Elle était brune aux yeux marron. Il était blond aux yeux bleus. Il paria que leur premier enfant serait un garçon, un petit rouquin, aux yeux verts! Il....

Il ne revint jamais. Il fut parmi les premiers tués de la seconde guerre mondiale. Il ne fut pas le seul, certes, mais ce n'est en rien une consolation quand on a 20 ans et qu'on est éperdument amoureuse et aimée en retour.

Marie ne se remit jamais vraiment de ce premier véritable amour.

Elle ne supporta plus de regarder le tableau de la jeune fille au parapluie. Qui disparut dans le grenier. Définitivement.

Locquirec Janvier 2016

Autres Collections du même auteur

Contes et Légendes du Pays de Locquirec

Korrigans & Cie   Mars 2017
Petites Histoires de Noël   Octobre 2018

Cinq mots pour une histoire

Les Chroniques   Avril 2018
Le Roman de Pierre   Avril 2018
À paraître dans la même collection
Les Nouvelles   (4° Trimestre 2019)
Florilège   (4° Trimestre 2019)

Contact et Commandes

jo.lelay29@gmail.com

Page Facebook

https://www.facebook.com/jo.le.lay.ecrivain

BOOKS on DEMAND

Photo de Couverture

Michel Follorou
http://www.michel-follorou.fr

Mise en page

BMA Web Conseil
bmawebconseil@gmail.com